Haylee

El Papalote y el Nopal

ALINE PETTERSSON

ALFAGUARA

Infantil

EL PAPALOTE Y EL NOPAL
D.R. © del texto: Aline Pettersson, 1985.
D.R. © de las ilustraciones: Gabriel Pacheco, 2000.

ALFAGUARA

D.R. © de esta edición:
Santillana Ediciones Generales, S.A. de C.V., 2004
Av. Universidad 767, Col. Del Valle
México, 03100, D.F.

Alfaguara es un sello editorial del **Grupo Santillana**:
Éstas son sus sedes:

Argentina, Bolivia, Chile, Colombia, Costa Rica, Ecuador, El Salvador, España, Estados Unidos, Guatemala, México, Panamá, Paraguay, Perú, Puerto Rico, República Dominicana, Uruguay y Venezuela.

Primera edición en Alfaguara: agosto de 2000
Primera edición en Editorial Santillana, S.A. de C.V.: junio de 2002
Primera reimpresión: abril de 2003
Primera edición en Santillana Ediciones Generales, S.A. de C.V.: mayo de 2004
Tercera reimpresión: mayo de 2010

ISBN: 978-968-19-0750-1

D.R. © Cubierta: Gabriel Pacheco, 2000.

Impreso en México

Allá arriba del monte no soplaba el viento. La hierba quieta y tiesa se alineaba como un ejército de soldados que con sus rifles apuntaran hacia el cielo. El papalote descansaba en la tierra observando las mariposas columpiarse y extender sus alas de colores.

"Quién fuera una mariposa para jugar en las alturas sin necesidad de los vientos y bailar sostenido suavemente por el aire", se decía el papalote mientras revoloteaban a su alrededor las mariposas de alas blancas como la risa, amarillas como los girasoles, azules como gotitas de cielo.

De pronto su cola se agitó como la cola de una lagartija, ocultándose detrás de una piedra. Empezó a sentir que la mitad roja y la mitad verde de su cuerpo se henchían, se hacían fuertes, se despegaban del suelo como si ya no cupieran en él. Los soldados firmes se sacudían de un lado para otro; unas campánulas azules y rosas que trepaban por un tronco se inclinaron y el papalote escuchó un pequeñísimo sonido de campanitas que producían los estambres al agitarse.

"Estoy listo para irme", dijo el papalote y se montó sobre una ráfaga de aire.

"Adiós, adiós", le dijo a la lagartija; "adiós", les dijo a las flores, "me voy a conocer el mundo". Subió agitando su cola en señal de despedida. "Adiós", le gritó a un gorrión mientras seguía volando.

Miró hacia abajo y vio todo tan pequeño: las plantas y las flores se habían convertido en manchones verdes, a veces salpicados por puntos como confeti. El diminuto sonido de las campánulas, el aleteo de las mariposas, todo se perdió allá lejos, mientras el papalote se elevaba.

Un zumbido enorme cortó el aire.

Alarmado, el papalote buscó la causa: un águila pasó rozando cerca, muy cerca de él; su ala tocó la cauda y estuvo a punto de arrancársela. "De la que me he salvado", dijo el papalote, "el águila no sólo me hubiera dejado sin mi cola, sino que también hubiera rasgado mi hermoso cuerpo".

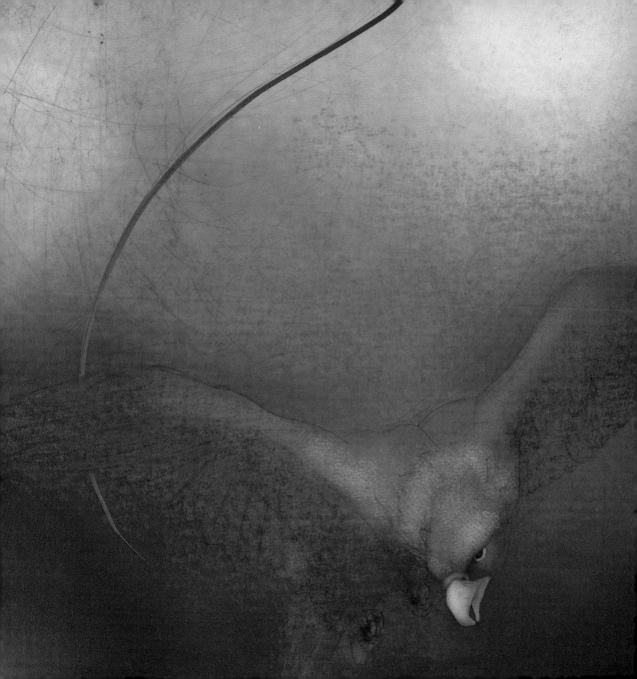

Poco a poco, el papalote fue adquiriendo valor para gozar el rapidísimo viaje por las alturas. Cada vez más alto, suspiró: "Quiero llegar hasta las nubes, hasta donde el águila no pueda hacerlo. Entonces seré más fuerte".

Abajo ya no se distinguían los puntos de colores entre las manchas verdes. Desde esa altura jamás hubiera creído que existieran mariposas o flores o lagartijas que, ansiosas, esperaban los rayos del sol.

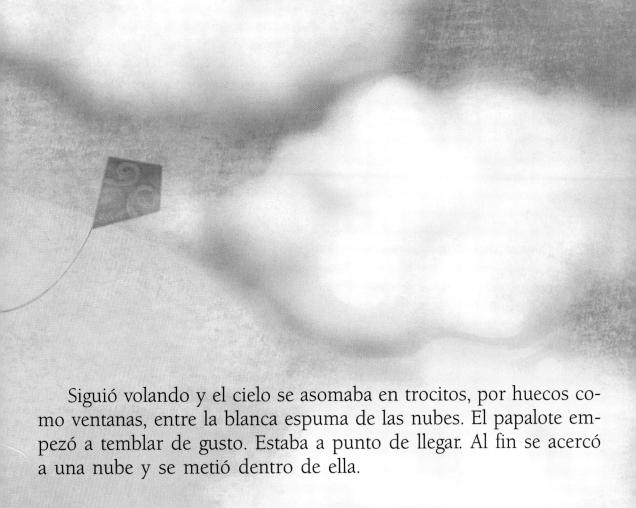

Siguió volando y el cielo se asomaba en trocitos, por huecos como ventanas, entre la blanca espuma de las nubes. El papalote empezó a temblar de gusto. Estaba a punto de llegar. Al fin se acercó
a una nube y se metió dentro de ella.

De pronto sucedió algo muy raro: parecía que se hubiera olvidado de volar. "¿Qué me sucede?", se preguntó asustadísimo, "me estoy cayendo".

El papalote, empapado con las gotas de lluvia de la nube, se hizo tan pesado que se desplomaba.

Caía... caía... caía... sin remedio sobre una gran mancha de color café. Alcanzó a ver un pájaro que desapareció; no vio a nadie más, y por fin acabó por derrumbarse.

El papalote no cayó en el suelo, sino que su hilo se enredó en torno de un solitario nopal.

"¿Quién eres tú?", preguntó el nopal, "jamás he visto un pájaro tan extraño".

"No soy pájaro, soy más que un pájaro, bueno, lo era hasta hace poco."

"¿Qué eres, entonces?"

"Soy un papalote que vuela más alto que nadie."

"Y ¿qué te sucedió?"

"Yo era ligero como la luz, pero una nube me mojó y no pude volar más."

"Quédate conmigo, papalotito, extiéndete para que el sol te seque, yo cuidaré de ti."

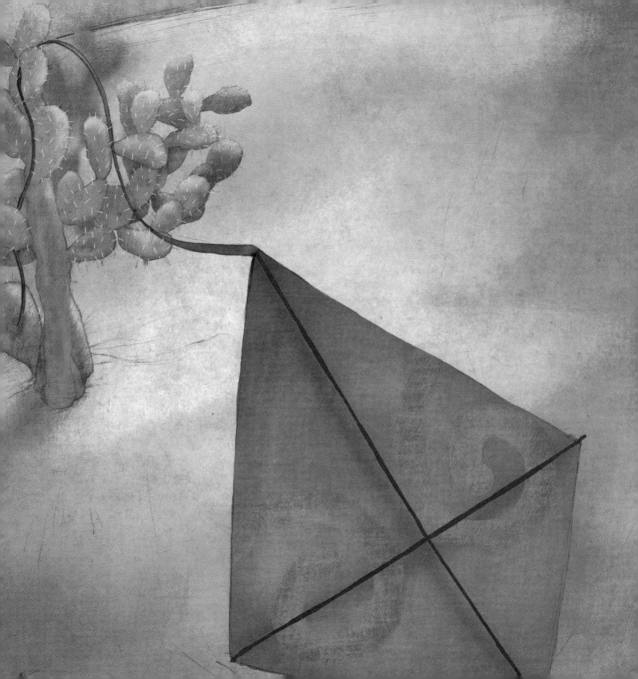

El papalote permaneció allí mientras el nopal lo cuidaba amorosamente. El nopal buscó las espinas más fuertes que le permitieran sostener al papalote de su armazón, sin tocar su delicado cuerpo. Y el nopal estuvo largo tiempo en una postura incómoda y dolorosa sin quejarse jamás; únicamente preguntaba:

"¿Cómo te sientes, papalotito?"

"No me acabo de secar y no puedo volar aún."

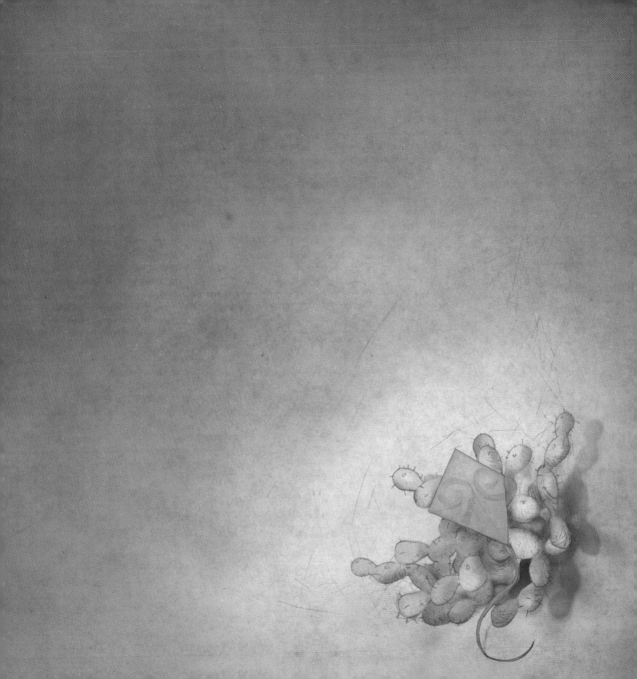

El nopal se desvivió cuidándolo. Estaba contento de no estar solo, de haber encontrado compañía; porque, aferradas sus raíces a la tierra seca y completamente solo, había sobrevivido donde otros no pudieron.

Cuando el papalote vencido descendió en su rápida carrera, la nube a la que molestara soltó unas cuantas gotas de agua, que desaparecieron sin dejar huella entre los truzcos pedregosos alrededor del nopal, y éste con sus raíces las encontró. Pero temeroso de que esa humedad pudiera perjudicar a su amigo, desvió sus raíces, a pesar de su enorme sed, casi nunca satisfecha.

Finalmente, el papalote se palpó por todos lados hasta descubrirse seco. Entonces el nopal dobló sus espinas y lo depositó suavemente en el suelo.

"Esto es muy aburrido. Dime, nopal, ¿cuándo viene el viento?", se quejó el papalote.

"Suele venir, pero nunca se sabe."

El papalote suspiró: "Aquí no hay nada divertido; aquí no hay nadie".

El nopal reseco y cansado le preguntó:

"¿Qué quieres que haga para entretenerte, papalotito?"

"Pues, al menos, dame una flor que me recuerde las blancas alas de las mariposas, que me haga olvidar este sitio."

El nopal entristecido se dijo: "Quizá si le doy una flor no me abandone". Enseguida, juntó toda su fuerza de una penca a la otra, y se reconcentró en sí mismo para lograr ese instante luminoso de la creación.

El viento arañó la tierra desprendiendo unos granos que se elevaron, mientras la cola del papalote oscilaba alegremente. El nopal abstraído, soñando con su obra, no se había percatado de lo que estaba sucediendo. El aire se hizo fuerte y el papalote comenzó a tomar altura.

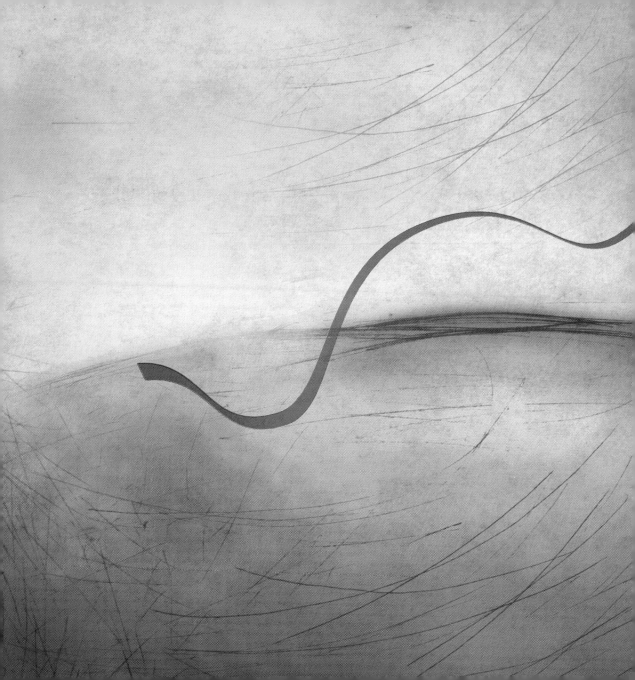

"Me voy, me voy, querido nopal", le gritó.

"¡Viva la libertad!"

El papalote miró hacia abajo en el momento en que, en el nopal, una bellísima flor blanca abría sus pétalos al sol.

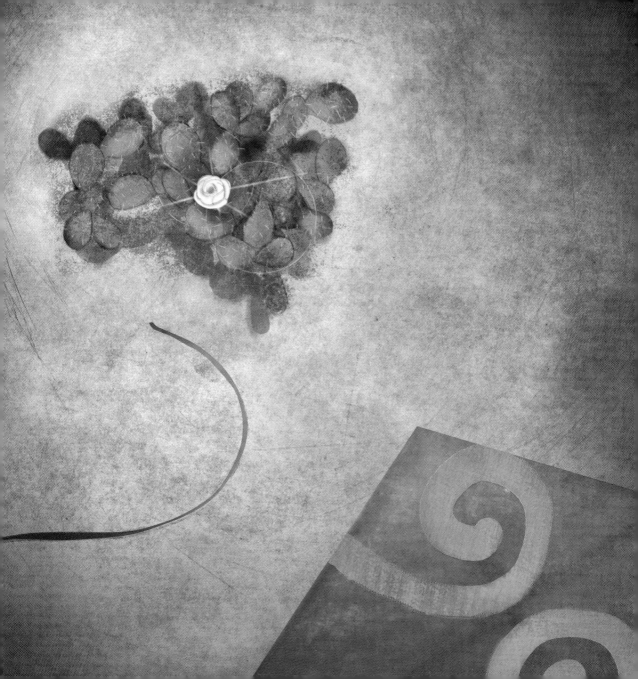

Esta obra se terminó de imprimir en mayo del 2010
en Editorial Impresora Apolo, S.A. de C.V. Centeno 162,
Col. Granjas Esmeralda, México, D.F. 09810

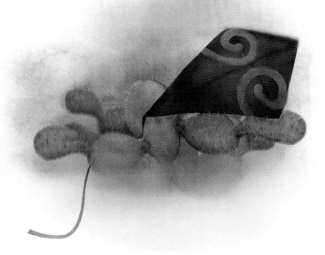